KB071100

사랑이라는 신을 계속 믿을 수 있게

이병철

시인의 말

네 심장에 얼음이 열렸을 때 나는
온몸에 불을 지르고 네게로 들어갔지
살육과 구원이 쩡쩡 얼어붙은 강에서
한 방울의 영원이라도 녹이고 싶었지

신에게는 신의 무한이 있고
인간에게는 사랑이라는 찰나가 있고

나만 녹았지

이제 나는 스스로 없는 자

2021년 10월

이병철

사랑이라는 신을 계속 믿을 수 있게

차례

1부 불에 탄 하늘이 전부 지붕인 세상

2부 삶도 죽음도 일하지 않는

3부 나를 용서할 신이 없는

4부 함께 어두워지는 날에

해설

1부

불에 탄 하늘이 전부 지붕인 세상

7월 8일

목덜미에서 엉덩이까지
척추는 부드럽게 휘어지며
구원 이전과 이후로 세상을 나눈다
빛을 그림자로, 그림자를 온도로
온도를 신맛으로 바꾸는 흘림체의 뼈들
이는 내 뼈 중의 뼈요 살 중의 살이라
날개를 접어 하늘을 버린 새가
물에서 기어 나온 물고기와 나란히 누워
쏟아지는 심장을 손에 받쳐 들고 있다
피가 마르지 않도록 이따금 비는
열린 창틈으로 들이치고
정결한 짐승과 부정한 짐승이
어둠을 육식하는 자정子正
숫자 하나가 새로워졌을 뿐인데
천국인지 지옥인지 모를
무한수의 신앙이 열리기 시작한다
비는 구원 이전의 세상을 쏠어 버릴 듯하고
옥탑이 방주처럼 둥둥 떠오르는 창세創世

물고기 악기

사람은 왜 얼굴을 씻나요 물이 닿아도 흘러내리는 건 결국 물, 귀를 아가미로 바꾸고 싶어요 내게 필요 없는 공기가 너무 많거든요 공기 대신 소리로 숨 쉴 수 있다면, 귀로 호흡하면서 하루의 세상을 바다로 건너갈 수 있다면, 물을 가질 수 있어요 씻지 않아도 되는 표정을 배울 수 있어요

공기보다 소리에 가까운 감정들이 나를 살게 합니다 소리의 세계에서 심장은 현악기 울림통으로 퇴화하지요 나는 속을 비운 물고기 악기, 코를 막고 얼굴을 버립니다 사람이 죽은 뒤에도 청각은 살아 있으므로, 죽음을 이기는 단 하나의 구원은 소리입니다

심해 동굴로 내려가요 내려갈수록 떠오르는 음악이 있습니다 우주가 물로 이뤄졌다는 걸 알겠어요 바다의 끝은 우주의 처음이니까요 빛과 공기가 없는 곳에서 소리는 발자국을 가집니다 소리를 따라가면 그리운 곳에 닿을 수 있어요

내 이름을 부르던 게 당신인가요? 헐떡거리는 두 귀가 몇 겁劫의 세상을 헤엄치며 얼굴을 모두 물방울로 바꾸는 동안, 여기는 지금 일몰이 아름다운 서쪽의 간척지, 갈대가 흔들리고 되새 떼가 날아오르는

신기하지 햇빛과 바람은 격렬히 다투면서 다투는 소리도 내지 않고 계절을 붉게 하고, 사랑은 일생 밖으로는 한 번도 고개 내밀지 않고 꿈속에서만 자라나는 게

시의 작은 역사

짧은 매몰에서 돌아온 사람들은 알 수 없는 언어로 말을 했다

말이라기보다는 길들이지 못한 야생의 새 같았다 새라기보다는 흙을 뚫고 나오는 첫여름의 아지랑이 같았다 아지랑이보다는 파도에 떠밀려 온 폐그물, 아무것도 잡지 못해 다시 공중으로 흩어지는 빛들, 빛이 닿자 어두워지는 반대쪽 숲의 새소리……

무언가 무너져 내리는 꿈에는 중력이 없다 아무것도 무너지지 않고 오직 무너지는 느낌만이 연속으로 무너진다

알아들을 수 없는 만큼 무너지고 무너진 만큼 새로운 세상이 지어졌다 말이 중력을 잃자 먼지들이 별에 달라붙었다 사물이 투명해지고 허공은 윤곽을 입었다

가끔 달이 잘리면 누군가의 다리도 잘렸다 말과 말은

섞일 수가 없어서 짐승들이 아름다워졌다 천국이 있다
면 이런 모양일 거라고, 누가 말해 줬으면 좋겠다고 생각
했다 모두가 말하고 있었지만 아무도 말하지 못했다

처음 매몰된 사람은 달변가고 마지막에 매몰된 사람
은 말을 못 배운 어린아이였다 처음 구조된 건 어린아이
고 끝내 구조되지 못한 건 달변가였다 기쁨이 슬픔을 초
과해서 세상의 모든 구멍에 비가 내리던 날, 수천만 개의
단어가 유실되었다

매몰되기 전 '말에는 전생이 깃들어 있다'고 습관처럼
말하던 이가 있다 그는 이제 종일 숫돌에 칼을 가는 대
장장이가 되었다 입을 열면 불꽃이 튀고 쇠 냄새가 났다
뭐라고 중얼거리기만 해도 칼날에 혈관을 닮은 상형문
자들이 새겨졌다 칼이 전생의 언어로 말하기 시작했다

사람 대신 사물이 말하는 일이 흔해졌다 그건 알아
들을 만했다 그래서 사람들은 물건 하나씩을 들고 광장

에 모여 백 년 동안 그것을 흔들었다 춤이라고 해야 할까 주술이라고 해야 할까 누구도 표현하는 데 성공하지 못했지만 모두 죽고 사물만이 남았을 때 세상은 단 한 권의 사전이 되어 있었다

　새로 태어난 사람들이 사전을 펼쳐 언어를 학습한다

　무언가 쌓여 오르는 꿈에는 중력이 있다 아무것도 쌓이지 않고 오직 쌓이는 느낌만이 연속으로 쌓인다

조각 비누

    소멸하고 싶어도 소멸할 수 없는 존재에게선 라벤더 향기가 난다 손을 뻗으면 닿는 거리에 제단이 있다 오래 전 제사장은 물두멍에 물을 받아 손발을 씻었는데 그때 향유는 물과 살갗 사이에 투명한 막을 만들어 죄와 영혼을 분리했을 것이다 세상의 모든 믿음이 액화된 오늘, 향유는 제법 단단한 것으로 그 물성이 바뀌었지만 죄의 속성은 여전해서 피처럼 붉은 얼룩부터 뜨거운 체액까지, 몸을 더럽히는 것들은 씻어내면 그만이다 더러움을 씻어 깨끗함을 입히는 신의 은유, 그러나 몸피가 엄지손톱만큼 작아져 이제 거품조차 낼 수 없는 불멸도 있다 삶도 죽음도 아닌 시간들이 조각조각 쌓여 간다 한때 신이었던 향기가 하얗게 굳어 있는 제단

지붕이라는 상징

집을 그릴 때 지붕부터 그린다 지붕은 집이 아니지만 집을 떠올리면 가장 먼저 눈썹에 닿는 상징, 상징은 왜 빨간색일까 지붕을 만져 본 적 없어도 지붕의 온도를 알 것 같다

집 아닌 윤곽들이 캄캄해지는 저녁, 어떤 문도 연 적 없는 열쇠를 손에 쥐고 지붕에게 운명을 묻는다 지붕에서 태어난 사람은 아무도 없는데 누구에게나 지붕은 고향이 되었으니까, 왜 대답하지 않나 우뚝 솟은 뿔은 자기가 뿔인지 몰라도 당신은 당신이 지붕이라는 것을 알고 있으면서

비에 젖어 흘러내리는 희망들, 폭설에 덮여 숨 막히는 체념들, 태양이었던 늙은 얼굴과 근심 깊어 창백한 달의 마음으로 지붕은 자라난다 지붕이 거대해질수록 불 켜진 집에서 하나둘 떠나가는 마지막을 당신은 모르고

삼각형 모서리엔 누구도 앉을 수가 없어서 지붕은 저

혼자 지붕인 채로, 무엇도 짊어지지 않은 채 그림에서 스스로 지워진다 이제야 바람과 별과 노래가 쏟아져 들어오는 우리의 첫 집, 뚫린 천장을 유령들이 물감처럼 오르내리며 속삭인다 고개 들어 저길 봐, 불에 탄 하늘이 전부 지붕인 세상을

사랑이라는 신을 계속 믿을 수 있게

우리의 모든 과거가 끝나지 않은 서사라면

보지 않고도 믿을 수 있겠니?
글자를 모르는 숫자들과
그림자도 구원받을 수 있다는 걸

그는 만져지지 않아

패배하는 신, 죄를 짓는 신, 구름을 보다 우는 신
무릎이 까진 신, 코인노래방에서 노래하는 신
영원히 머물 곳을 구하러 무덤으로 기어드는 신

물은 낙차를 가질 수 있어서 신이 되었다
마음껏 떨어지고 떨어뜨리고
식인 풍습을 가진 이빨들을 처마에 매달아 놓고

그것이 서사가 아니라면

비가 멈추지 않는 여름이었을 거야

(지금부터 이 모든 글자들에 색깔을 넣고 싶다 인쇄하려
면 돈이 꽤 들겠지만)

어느 날 나는 도굴꾼이 맞닥뜨린 해골처럼 너를 만났지
네 몸에선 녹색 그러데이션의 이끼가 자라나고 있었어
마르지 않는 물방울에게 입 맞추는 사랑이 시작되었고

살을 뚫고 나온 웃자란 뼈에 대해
가죽 버선 안에 갇힌 전족에 대해
자는 척을 하는 죽은 사람에 대해

말하는 입을 갖게 되었다
불완전한 것에 순종하는 마음을 믿게 되었다

옥상에 사는 너와 반지하에 사는 나는
서로가 발명해낸 가장 아름다운 낙차여서

비가 멈추지 않는 여름 내내
사랑의 행진을
용서라는 단죄를
추락하는 불면을
멈추지 않았지

이끼가 자라나고
녹색 이끼가 자라나고

위독하다고 했다

왜냐고 묻지도 못하고
그저 살고 싶어, 말하는 입으로
살고 싶다는 마음을 믿지 못하면서

(지금부터는 이 모든 글자들을 지우고 싶다 잘못된 책
은 교환할 수 없겠지만)

우리의 모든 내일이 끝나 버린 서사라면

내가 사랑이라는 신을 계속 믿을 수 있게
너는 닿을 수 없는 세상 끝으로 가야 했지
멀어지는 동안에 꽃으로 피를 속이고
눈에 번지는 어둠으로 아침을 겨누면서

위독합니다

그 말을 한 번 더 들을 수 있을까
사랑을 용서받아야 할 사람들이 얼마나 많으면
화창한 일요일마다 헌금 바구니는 화분이 될까
푸른 잎사귀를 온몸에 두른 죄가 천국을 향해 자라
날까

너는 만져지지 않아

기도하는 무릎이 까져도 연고를 발라 줄 손이 없고

죽은 척을 하며 자는데도 깨워 줄 노래가 없고

죽고 싶다고 말하면서 계속 살아가는

(이제 모든 여백에 손글씨로 적는다)

잘 마른 날씨가 왔다
낙차를 처음 가져 본 높이가 내게 던져 준 최후의 낙차

얼굴을 간질이는 한 조각의 빛
그것은 길고 긴 줄기를 숨긴 한 톨의 의심

심장에 심으면 끝없이 자라서
이미 왔지만 아직 오지 않은 시간이 되고
네가 서 있던 옥상의 소리와 진공이 되고
하늘로 오르는 붉은 그러데이션의 탑이 되었다

어떤 서사가 다시 쓰인다면
거기서는 네가 신이야

다시는 신을 믿지 않겠다고 했지만
너를 믿기 위해 나는 위독해지기로 했다

기도하자 모든 의심이 사라지고

이끼가 자라나고
핏속에 이끼가 자라나고

물에서 살과 뼈가 만져졌다
흐르는 것을 붙잡는 손이 생겼다

펜을 들고 탑을 오른다

나도 신이 되려고

사이프러스

고흐의 그림에서는 사물들이 위로 타오른다
그림 속 세상은 타오르면서 하늘에 닿는다

옥탑과 관상용 양귀비와 녹슨 철문과 무당집이
커다란 불꽃 속에서 하나의 정물이 되어 간다
화염에 싸여도 타지 않는 떨기나무처럼

불속으로 걸어 들어간다
기억은 그림자에도 화상을 입히고
표정이 녹아 버린 내 검은 얼굴들

내가 다 타 버린다면
네가 다 타 버린다면

불은 아무것도 태워 없애지 못하면서
나에게 맹목적인 믿음이 되었다
하늘로 치솟는 불기둥이
따뜻하게 타오르던 네 입속의 언약이라면

나는 불속에서만 살 수 있는 무한한 여름이다
너는 불에 갇혀 액자 그림이 되어 버린 가엾은 하나님

폭우

비가 내리는 게 아니라
누를 때는 어떻게 해야 하나

오늘의 비는 쇳덩어리 같은 비
나는 비를 지고 걷다 쓰러졌다

비에 눌려 바짝 엎드린 시립묘지를
만 개의 빗방울에 만 개의 사랑을

비는 투명해서 저항할 수 없는 폭력
비에 눌린 우리는 아플까 젖고 있을까

당신도 나처럼 몸을 말며 죽어 갈까
이 한없이 부드러운 압사壓死를 함께 할까

못 박는 힘으로 내가 아는 모든 하늘을 누르면서
축축한 첫 죽음의 냄새를 풍기면서

비는 내일의 구름에게 용서받아도
짓눌린 얼굴은 이제 하나의 표정밖에 짓지 못하고

세상이 한 권의 책으로 압축될 때 우리는
서로의 뒷이야기를 모르는 책갈피가 되어

생각하는 머리를 눌러 터뜨릴 것이
비밖에 없을 때, 어떻게 해야 하나

만월의 여름밤

오늘의 달은 죽고 그때의 달만 살아서
산 육체와 죽은 마음이 옥탑에 오른다
세상에서 가장 높은 집에도 지붕이 있고
그 지붕에는 끝내 기어 올라와 울어대는 고양이와
이미 썩은 채로 헤엄쳐 온 생선이 있을 것이다

하늘은 언제나 같은 높이에 있는데
머리카락이 이따금 별에 닿는다
얼마나 높은 곳에 우리는 나란히 앉아 있는 걸까
네가 흰옷을 벗고 내 몸 위로 별들과 함께 쏟아진다
세상에는 너와 하늘밖에 없어
너는 하늘이다, 나의 신이다
잠들면 다시는 깨어나지 못할까 봐
불면이 신앙이 되어 버린 운명을 주관하는 신

고양이가 생선을 씹지도 않고 삼킨다
삼켰다가 뱉어낸 육체는 죽어도 부활하는데
아름다운 높이까지 올라온 마음은

왜 뻣뻣하게 굳어 가는가, 오늘 밤 달과 함께
불도 바람도 없이 스스로 장사되는가

높이는 지상에 뿌리를 두었을 때만 높이인 걸까
옥탑도 하늘도 신도 다
허공을 떠도는 먼지에 불과하다고
달빛 속을 부유하는 저 금빛 모래들
마음이었고 생생한 육체였고 폭발하는 감각이었던
만월의 여름밤

7월 14일

쌍두사는 한 마리 뱀일까 두 마리 뱀일까 뱀의 생각은 간교하고 음란할까 음란한 것은 왜 순수할까 팔다리가 퇴화되는 어둠 속에서 비강鼻腔이 활짝 열릴 때 코에 닿는 체모는 과일 향을 풍긴다 금지된 것을 마침내 베어 물었더니 야훼는 정말로 천국을 회수해 가려 한다 신이 울먹이다니 야훼의 당혹스러운 얼굴을 보면서 나는 아니 뱀은 더러운 곳을 더럽히면 환희가 아침처럼 열리던 비밀을 잊지 않을 것이다 밤 열두 시, 엎질러진 술이 알파벳 Y자를 그리며 몽상과 사유가 갈라진다 사랑과 살인처럼 용서와 저주도 한 몸이었으니 나는 나를 죽이고 너를 죽이고 신도 죽였다 이제 대가리가 잘린 채 제 종류대로 돌아갈 시간, 비가 불칼처럼 쏟아지는 강변도로를 검은 뱀이 꿈틀꿈틀 기어가는구나 강과 함께 역류하며 동쪽으로 동쪽으로

수련회

사람이 사람에게 기대는 모양으로
나무들이 쌓여 갔다
기름 냄새가 떠도는 강가에서
우리들은 손을 이어 잡았다

이름표를 목에 걸고
누군가는 형광 조끼를 입고

호루라기 소리를 내면서
불이 타올랐다

시계 방향으로 돌면서 노래를 부르고
다시 거꾸로 돌면서 축복해, 말하고
나무들이 무너지는데
불은 자꾸 커지기만 했다

우리들이 만든 원에는 출구가 없었다
이십대 초반의 청년부 회장이 입구에 서서

원을 벗어나려는 동작들을 제지했다
회원들의 그림자가 멀리 강물에 닿았다

불은 얼굴들을 비추고 꺼뜨리고
두려워하는 표정을 모두에게 나눠 주었다
한 사람도 빠짐없이 두려워하게 됐을 때
우리들은 죄를 말해야 했다
말하지 않으면 불 속에서 그가 고통받기에

미워했다고 말하자 나무가 무너졌다
저주했다고 말하자 누군가 울기 시작했다

불 앞에선 더 솔직해야 한다고
꽉 잡은 손이 더워 놓고 싶었지만
우리들은 서로에게 기대면서 무너졌다

가장 어두운 죄만큼은 불에 비치지 않게
고개를 숙여 그늘을 만들면서

마음을 속여 기도를 만들면서

눈물을 흘릴수록 불이 커졌다

회장의 죄가 무엇인지 잘 듣지 못했다
내내 울고 내내 소리치는
그의 안경에는 불이 두 덩어리나 타고 있었다
죄보다 긴 그림자는 없으므로
우리들의 얼굴은 밤새 환했다

손에서 기름 냄새가 났다
뺨이 뜨거운 이유를 알아야 했다

형제 안에서 영광을 보네
자매 안에서 존귀를 보네

우리들이 원 안에서 불에 타고 있었다
서로의 안에서 무너지며 소리치고 있었다

겨울장마

우리를 구원하는 건 신인데 사랑하는 사람들은 지옥
에 있네
구원하지 못한 건 신인데 지옥을 그리워하는 건 내 평
생이 되었네

겨울장마가 길어지는구나

비가 하는 말을 듣되
비에게 설득당하진 말렴
비에 귀를 대고 있으면
물은 사라지고 귀만 남는단다
흐르는 귀들이 생긴단다

내일은 더 춥겠다는 뻔한 일기예보처럼
오늘도 신에게만 맑고 투명한 날이구나
자기가 만든 천국에 얼마나 많은 악마들이 살고 있는
지 모를 게다

겨울비에 귀가 잠긴 사람들이
비밀을 듣게 될까 봐 무섭구나
무한히 펼쳐지지 못하는 하늘에는
구획마다 다른 주인이 있으니까
신이 아니더라도 우리는 우리를 용서할 수 없을 테지만

저들은 아무것도 듣지 못하면서 계속 듣는구나
겨울에 내리는 비는 영혼을 작아지게 해서
의지하는 순간부터 사람은 소금이 된단다
신이 될 수 있지만 신이 되는 걸 포기한 채
구원을 빌려 올 게다, 그러면 나처럼
천국에 혼자 들어가는 벌을 받게 되지

네가 비를 설득하거라
사랑하는 이의 귀에 대고 하지 못한 말들이
지옥 아닌 곳에 내리게 해 달라고

부디 신이 되거라

신이 되어서 나를 구원해 다오

내 그리움은 봄날의 작은 시멘트 마당

거기서 사람의 아름다움이 지저귀는 소리를 다시 듣
게 해 다오

입술로 고백하지 않아도 다 아는 사랑을 천국에서 제
발 꺼내 다오

어떤 종교의 학습

어제 시작된 종교에는 사랑보다 기도가 무성하다
아직 신앙을 모르는 무릎은 장마처럼 푸르고
수레에서 쏟아지는 청사과들과 함께 분별없이 빛난다
사과 껍질을 예쁘게 깎아내는 너는 새하얀 구원
이빨이 닿을 때마다 씨앗이 열리는 몸
내 귀에 말씀은 달고 달아서
가뭄이 들면 심장에 분수가 솟고
홍수가 나도 살이 무르지 않을 것만 같은 믿음

기도가 사랑이 되기까지는 백 년쯤 걸린다지
사과나무에서 소금이 자라나는 여름은
사랑을 모른 채 휘발되는 영혼들의 수다
나는 오랫동안 이 종교를 학습했으므로
별처럼 많은 사람들이 사라진 한낮에도
네가 살던 세상의 투명한 잔영들을 이어 붙여
사다리를 만들 수 있을 것 같다
닿지 못하는 천국이 끝내 지옥이라 하더라도

사랑의 찬가

너를 위해 죽을 수도 있다고 생각했지.
이제는 네가 죽었으면 좋겠다고 생각해.

나는 너무 많은 것을 요구받았고 강함이 무엇인지 모르면서 강했으니까. 보상은 달콤하고 세계는 무한대로 넓어지기만 하고 잠에서 깬 새벽엔 무서워 울면서도 담대해야 했지. 돼지와 수간하지 마라, 돈을 벌어라, 살아라, 나를 만지지 마라.

육식과 기도와 금연 습관 덕분에 죽음을 밀어낼 수 있었지. 건강해야 한다. 착해야 한다. 너는 내 아들이다. 나의 사랑이다…… 노래는 점점 말의 형태를 잃었지. 너는 알아들을 수 없었겠지만 나는 사랑한다고, 살려 달라고 외치고 있었지.

네가 나를 방에 가두었지. 빛 안에서 너는 지휘자였지만 어둠 속에서는 사육사였지. 나는 채찍이 날아오기를 기다리는 서커스 동물, 크고 맑은 눈을 버리자 불 냄새가

몸을 감았지. 불을 통과해야 사는 목숨이 있구나. 팔을
허우적거리면 아무것도 잡히지 않고 그저 아침처럼 타
들어 가는 것들만 많았지.

　　나는 너보다 아름다웠지만 내 아름다움이 너를 가릴
까 봐 끔찍해지는 쪽을 택했지. 너의 유일하고 단호한 아
름다움 속에서 평생을 살았지. 오래 길들여진 후 방에서
꺼내졌을 때 나는 손에 잡히는 모든 빛들을 칼로 바꿨지.
너도 결국은 붉은 피를 가졌다는 걸 확인하고 싶었지.

2부

삶도 죽음도 일하지 않는

몽유도원

우리가 마주 보고 누웠을 때
당신의 심장은 아래로 쏟아지고
내 심장은 쏟아지는 세상을 받아냈는데
내 팔베개에서 자꾸만 강물이 흘러
당신 귀는 깊이 잠들지 못했네
내 피가 실어 나르는 복숭아 꽃말을
다 듣고 있었네 그때 나는
벌써 죽은 사람이었고
당신은 살아서는 다시 못 꿀
꿈처럼 가엾이 아름다웠네

허밍은 거침없이

잉어는 평화롭게 헤엄치지만
물을 벗어날 수 없고
물은 거침없이 흐르지만
보를 넘어갈 수 없네

물을 벗을 수 없는 잉어의 자유와
보를 넘을 수 없는 물의 질주는
악보 안에서 평생을 사는 바이올린처럼
아름답고 성실한 반복을 연습하는 중

잉어는 평화롭고 물은 거침없고
바이올린은 느릿느릿 헤엄치다 격렬히 달려가고
나는 그 반복 속을 걷다가
새로운 해석에 또 실패한다

물을 벗어날 수 없는 잉어가 머릿속으로 헤엄쳐 오고
보를 넘을 수 없는 물이 오후의 감정을 파랗게 적시고
악보 밖으로 나온 바이올린이 내 허밍을 연주해도

불가능한 것은 다 생각 안에만 있네
생각이라는 단어를 사랑으로 바꿀 수도 있겠지만

잉어와 물은 음악처럼 흐르고
강이 얼면 흐르는 것에서 음악이 분리되고
멈춰 버린 반복은 또 다른 반복으로 흐른다는 내 생
각이
비로소 풍경이라는 불가능을 자유롭게 풀어놓을 때
나는 천변에 살지 않으면서
천변을 벗어날 수 없는 귀신이 되었네

이제 생각은 평화롭고 허밍은 거침없고
바이올린은 같은 곡을 연주하지만
다르게 듣는 귀가 생겼다 얼음이 녹아
물이 흐르고 잉어가 헤엄치는 천변을 걷는다

해석이 막 시작되었다
해석이라는 단어를 사랑으로 바꿔도 좋다

반복하지 않을 것이다

빙하기의 사랑

빙하기를 대비하지 못한 공룡들이
얼음 화석으로 동결된 지구에는
꽃과 노을과 여름 속에
쏟아지고 달려들던 모습 그대로
키스들이 잠복하고 있다
엎질러지기 쉬운 메이플시럽과
내리막을 좋아하는 소나기와
오직 흐르고 흐르는 시간을
모두 얼려 버린 주술 같은 말
피와 피, 물과 물의 교환으로 사는 이들에게
사랑은 조금만 치우쳐도 하얗게 굳는 화학작용
얼음 속에 갇힌 마지막 표정으로 서로를 기억하면서
몇만 년 후에 어느 극점에서나 다시 만나자고,
너무 추워서 추운 줄도 모르는
한 시대의 마음이 멸종하고 있다

소나기

구름 위에서 신이 푸른 몸집을 불리는 동안 구름 아래 우리는 계절을 반씩 잘라 먹으며 말싸움을 한다 끝없는 네 주장을 듣고 있으니 텅 빈 반성문이 하늘에서 떨어져 내린다 네가 뭐라고 말할 때마다 하얀 글자들이 귀를 씻겨 주는 것 같아 이 말싸움이 끝나지 않으면 좋겠어 꽃잎처럼 붉고 나비 날개보다 가벼운 네 혀가 내 지겨운 꿈들을 저세상으로 떠밀어 주니까

최초의 사랑과 살인이 모두 말싸움에서 시작됐다는 거 알아? 이 대화가 끝나면 우리는 서로를 죽이려 들지도 몰라 싸우면서 자라는 아이들처럼 우리도 흩어지는 말들을 쌓아 올려 구름 위까지 올라가 보자 응? 닥치고 내 말 들으라고? 나는 닥치고 귀를 펄럭인다 네 저기압이 무거운 빗방울들을 끌어내릴 때

신이 파랗게 쏟아지며 소리친다 접이식 3단 우산이 너희의 방주야! 우산 밖에서는 비가, 우산 속에서는 섬유유연제 향기가 내 서툰 사랑의 구원인 오늘, 서로 더 말하

지 못하게 입술을 삼켜 한 문장짜리 책이 되어 버리는 우
리의 신앙

촛불의 왈츠

천사를 보여 줘, 말했을 때
촛불은 춤을 추는 대신 눈물을 흘렸다
눈물 속에서 잠깐 천사가 흔들렸다
빛이 어둠으로 흐르고 어둠은 장미처럼 붉어졌다

내 슬픔을 울어 줘, 말했을 때
촛불은 그림자와 팔짱을 끼고 왈츠를 췄다
춤 속에서 천사는 여름의 장미 덤불을 흔드는 바람,
하얀 섬의 이마를 반짝이는 소금이었다

사랑한다고 말하면
사랑은 사라지고 입에서 폭설이 쏟아졌다
이름을 부르면
천사는 눈밭에 한 방울씩 떨어지는 장미 꽃잎이 되었다

촛불이 내게 인간의 마음을 나눠 줘, 했을 때
불붙은 눈썹들이 화산재로 흩날렸다
작아지는 촛불을 들고 맨발로 설원을 걸었다

식어 버린 두 팔이 나를 껴안았다

사랑한다고 말하면
까만 발바닥이 말발굽처럼 갈라졌다
나는 노새가 되어 머나먼 여름 정원으로 달려갔다
장미를 실을 빈 수레에 흰 촛농이 소복소복 쌓였다

블루홀

푸른 태양의 눈을 헤엄친다 발끝에서 한 올씩 풀려나
가는 음악, 우리는 허우적거리며 겨우 숨 쉬는 입술을 가
졌지

은빛 정어리 떼로 몰려왔다가 유리처럼 부서지는 너
라는 파립波粒, 흩어지는 네 몸 모든 조각들이 눈부셔서
나는 피 흘리고, 피 냄새가 저 깊고 검은 물을 깨우기 전
에 두 다리를 퇴화시켜 지느러미를 얻었다

사람들은 걸어 다니는데 우리는 헤엄친다 물에 잠겨
부레가 되어 가는 심장에 산소를 채우느라 빵과 키스를
거부하며 죽음으로 삶을 부르는 호흡법, 다른 세상을 살
기 위해 이 세상에서 버려야 할 것들이 너무 많아

그해 여름도 물속에서 보냈지 수압을 견디느라 귀 막
고 눈 감은 채, 산소통을 메고 내려오는 전도자들을 피
해 바닷속을 영원한 낮잠으로 바꾸려고 태아처럼 몸을
둥글게 말았다

물과 너는 나의 전부다

물은 세상 밖으로 흘러가는 걸까? 바다의 끝이 어 딘지 너는 알고 있고 나는 그저 너를 쫓아가는 게 좋 아…… 스테인드글라스 같은 물속에서 종아리에 내 목 숨을 매달고 헤엄치던 너는 정말 예뻤는데

너를 따라 물의 바닥까지 갔을 때 너는 거기 없고, 너 를 찾느라 나는 끝없이 푸른 꿈의 코르크 마개를 그만 열 고 말았지 유령처럼 낯선 울음이 들려오던 그 구멍이 실 은 세상을 삼키는 단 하나의 입이었을 줄이야

휘파람 소리로 소용돌이치며 소멸하는 세계, 우리가 드나들던 녹색 철문과 시집이 꽂혀 있던 우편함과 빨랫 줄에 매달린 오후 여섯 시의 라디오 소리가 비명 같은 음 악으로 빨려 들어가고

물살에 감겨 물살이 되어

얼음의 시간을 향해 떠내려가는 우리
아니, 소용돌이 속에는 나 혼자 있고
세상과 내가 사라지는 걸 지켜보는
네 푸른 눈이 저기에

설리雪裏

　공중에 던져진 손에만 잡히는 소문이 있다 몸은 추락
하고 풍경은 솟아오르는 예고된 산책이 길게 늘어진 눈
빛들을 모아 묶는 매듭이 된다 견고하게 완성되어야 하
는 누각들의 세계에서 하얗고 긴 손은 물을 부르는 건반
이므로 최선의 삶은 그저 백색소음이었을 것, 어떤 이들
의 헌혈은 북극으로 흐르다 얼어붙고, 또 어떤 이들의 배
식은 얼음에 칼을 박은 늑대 사냥을 모방했을 것, 두꺼운
가죽과 털을 지닌 소문은 어느 굴에서 태어났을까 인간
이라는 단애斷崖를 딛고 서서 나침반이 되어야 했던 발
끝이 중력을 벗어 자유롭다 자기를 화살로 삼는 이에게
는 딱 한 번 꿰뚫을 수 있는 최후의 과녁이 주어지는데,
얼굴들이 너무 많아 어디로 날아가야 할지 고민하기에
는 귀를 자르는 소문의 울음소리가 빽빽이 겹쳐져 있고,
감은 눈을 뜨면 솜털에 싸여 숨 쉬는 작은 짐승 하나가
웃는다 화살은 결국 스스로를 과녁으로 만들며 명중의
파열음을 내지만 그마저도 백색소음, 입 속에 붉은 젖먹
이들이 우글거리는 야생이 하얀 눈 속으로 무심히 기어
들어 간다

낯선 침대 위에 부는 바람*

#
책장의 먼지를 빛내는 햇살
우리를 더 읽지 않고 접어 두는 가을

책 읽기 좋은 날이야
방충망을 통과한 바람이 고운 박엽지처럼 손에 잡
히는

너는 소설을 읽고 나는 에세이를 읽는다

이야기 속에 들어가려고 이응자로 웅크린 네 무릎
과 가슴 사이를 빛이 통과한다

서로 간섭하지 않는 두 세계가 고요히 대치하는 묵
독默讀

#
이건 꽤 야한 에세이네, 내가 말하자

나무 창틀과 유리창의 유격이 삐거덕거린다
창가에 앉은 네 동그란 평화가 잠시 흔들리는 소리

속으로 읽는다, 너와 나의 이야기가 이보다 매혹적일
수 있을까

문장에서 섬세한 살결과 솜털이 일어나고
나는 벌써 축축한 밑줄을 긋고 있다

낯선 도시에서 나는 한 번도 혼자였던 적이 없습니다**

라고 말하는 책 속의 여자를 점점 사랑하게 된다
내가 스물네 번째 남자가 되는 에피소드를 써 본다

개정판이 나온다면

#
미안하지 않아, 책 속의 여자니까
이런 감정은 아무 문장도 갖지 않는 책갈피가 되니까

이야기에서 빠져나온 네가 다른 자음들로 읽힌다

창가와 소파가 만든 별도의 삼인칭 공간에 응결되어 있던 소리들이 부드럽게 풀어진다

다시 조화로운 간섭의 세계

네 입술과 함께 책이 덮이고 저녁이 온다
이런 계절감이 낯설다고 생각하자

정말 낯선 바람이 분다

#

시간이 흘러 책 속의 여자를 책 밖에서 만나게 되었을 때

굳이 말하지 않았다

창가에 웅크리고 앉아 소설을 읽던 너는 다시는 열어

볼 수 없는 이야기가 되었고

나는 책에 사인을 받았다

이것은 나의 에세이다

* 김얀의 에세이집(달,2013)

** 프롤로그 부분,5쪽

Limbo

어제에 있는 여러분은 멀리서 즐거워 보입니다 끝없
는 한 생각을 떠돌던 정신이 무게를 되찾아 나는 캄캄한
잠 속으로 던져진 쇠닻, 한참을 가라앉아도 그림자가 서
늘해지지 않는 이 뜨거운 꿈 안에선 사라진 사물들만 만
질 수 있습니다 모래, 모래들…… 사막이 바다의 기억을
갖고 있듯 내 머리 위에도 느리게 물결치는 전생이 있고,
모래인지 물인지 한 방울씩 떨어져 바닥 없는 바닥에 동
그랗게 맺히는 무늬들을 눈이라고 불러도 되겠습니까
여기 그런 단어가 있습니까 가장 환한 빛은 눈멀기 전의
눈부심, 점멸하는 이 세계가 꿈속의 꿈인지 꿈속의 꿈속
의 꿈인지 알 수 없습니다 다만 목이 말라요 이 목마름
은 진짜 목마름이 아닙니다 물, 물을 주세요 개기일식을
과일인 줄 알고 베어 물면 더 목마르고, 나도 한 입 사라
지고, 내가 아는 모든 문장의 끝말이 지워집니다 없음을
위한 있음의 공간, 이곳에 가라앉기 전 윤회하는 이들의
소식을 들었습니다 당신도 포함됐더군요 다행입니다 죄
와 사랑의 천칭을 수평으로 맞추고 잠들면 영원도 찰나
도 아닌 곳에 보내져, 나는 사구沙丘에 갇힌 이번 생만을

무한히 살아야겠지요 모래 위에서 팽이가 돌고 있습니
다 빠르게, 조금 빠르게, 느리게, 아주 느리게, 모든 것이
쓰러지는 이 느낌은 악몽입니까 지금입니까 뜨거운데
왜 춥습니까

천렵

아이들이 족대로 강물을 뜨고 있다 물고기를 잡겠다
는 의지가 하얀 종아리에 단호하지만 못 잡아도 즐겁다
족대로 물과 초록과 바람을 건지면 햇빛과 물방울이 일
으키는 마찰에서 애완 무지개들이 태어난다 아이들이
무지개 한 마리씩 어깨에 얹고 물고기 모양의 나뭇잎을
잡고 있다 물고기는 아니지만 나뭇잎 물고기가 강물과
모래톱 사이의 평화를 찰랑이게 한다 말랑말랑한 발바
닥 아래로 물고기들은 빠져나가고 애완 무지개들이 하
나둘 날아가도 아이들은 아이답게 웃는다 천렵은 물고
기를 잡아야 끝나는데 능선을 넘은 커다란 구름이 풍경
으로서의 강을 그물에 가둔다 구름을 빠져나온 실빛 몇
가닥 강에 망문網紋을 펼칠 때 아이들은 물고기도 떠내
려가는 웃음도 잡지 못하고 처음부터 거기 없었다는 듯
그저 강이라는 하루의 세상에 투명한 잔상으로 맺힌다
족대는 어디 갔을까 파랗게 흐르는 고요 위로 물고기들
이 별을 먹는다 빛과 어둠을 담는 양동이가 모래톱에서
지워진다

해남

노을이 되지 못한 빛들이 지상에 마지막 황금을 던지는 해거름, 나는 남창에서 땅끝으로 자맥질하는 구름을 따라 입술에 소금을 바르고 걸었다 길은 경작지와 묘지 사이로 나 있고, 무덤과 배추들이 한데 부려진 역광 속에선 배추를 뽑아낸 팔들이 새카맣게 타고 있고, 불 없이 타는 냄새는 어떻게 지상의 빛들을 화장하는 걸까 이 고장에서 하늘에 가까운 두륜산이 그림자를 엎질러 들꽃과 하천과 트랙터를 지우는 때를 저녁이라 부르고, 운동화 안으로 작은 돌 하나가 굴러들어 와 내 목숨의 윤곽을 저녁 위에 소묘했다 태어난 곳에서 죽는다는 건 축복일까 저주일까, 빛에서 어둠이 실올처럼 풀려나오는 77번 국도를 걸으며 길 바깥의 끝을 길 안으로 그러모았다 어떤 끝은 날카롭고 어떤 끝은 부드럽고, 나는 내 앞에 놓이는 끝들을 다 살아야 했다 내가 지워지는 줄도 모르는 채, 끝이 없는 끝까지 가기 위해

영원이라는 잠꼬대

너는 백 년 동안 잠들어야만 열어 볼 수 있는 꿈이다 어떤 은유로도 다시 태어날 수 없는 백 년 전 풍경이 잠 속에 막 당도했다 평범한 생도 사후엔 신화가 되듯 무의식은 그늘에 드리워진 최초의 그림자가 아니라 강렬한 빛이 눈에 남긴 잔상일 뿐이다 그러므로 영원이란 단 한 번 우리를 비추고 옛날로 사라진 석양의 이명異名, 전생의 모든 이름이 난해한 갑골문자로 허토된 무덤에 내가 갇혀 버릴까 봐, 나는 어느 솜씨 좋은 착란에게 너라는 백 년을 열어 달라며 애원하는 중이다

잠이 풀어 준 상징들만 기어 나와 겨우 시가 되겠지 다른 세상의 문자임을 들키지 않으려고 시인 척하는, 가위눌린 언어들

너무 많은 빛이 프로포폴처럼

　어둠에 오래 갇혀 보았느냐 먹을 것이라곤 그림자밖에 없어서 그림자를 한 입 베어 물수록 내장까지 캄캄해지는 저녁을 너는 아느냐 시간과 공간이 같은 색으로 물들어 무덤의 빈 욕조에 물을 채우는 것만이 유일한 희망인 삶도 있더구나 누군가 여기서 나를 꺼내 준다면 그를 위해 기꺼이 맨홀이 되어 뱀처럼 기어 오는 불행들을 대신 삼켜 주겠다고 다짐했단다 그의 충실한 음영으로 살면서 이름도 뼈도 없는 무한이 되겠다고 기도했단다 그러나 너는 아니다 제발 문을 열지 말아 다오 네가 문을 여는 순간 아, 너무 많은 빛이 프로포폴처럼…… 혈관을 마비시키는구나 움직일 수 없어, 나를 가둔 것이 나였으니까, 이제 나는 사라진다 내가 바로 어둠이란다

연못의 일요일

마주 누워 숨으로 숨을 뺏어 볼까

잘못 수혈한 피처럼 웃음이 터지게

첨벙첨벙 흩어지는 빨간 날짜의 수집벽

누가 연못 위에 침대를 두었을까

이게 진짜 물침대야, 농담하면서

자꾸 고이는 똑똑한 생각을 침에 섞어 뱉기

뜨거운 체액이 말 이전의 말을 부화시키면

연못엔 개구리밥 피어난다

네가 죽어도 나는 살았으면, 하면서

오늘의 연애는 물밑으로 서로를 밀며 투신하기

모든 반복은 신앙이 되고

잠 대신 영원한 부력을 얻은 우리가

아이들이 잃어버린 배구공처럼 떠오른

해 없는 낮

일요일 바깥의 일요일

연못은 삼킨 것들을 반드시 뱉어내는 입

삶도 죽음도 일하지 않는 너와 나의 집

3부
나를 용서할 신이 없는

뼈의 불면

무덤에 내리는 비에서는

당신이 찬물에 손 씻던 소리가 나

오래전 당신이 신이었을 때

나는 신앙에 미쳐

몇 개의 세상을 환각처럼

고통 모르고 살다 죽었으므로

후회 없는 뼈, 다만 지금은

신을 사랑한 기억이 썩지 않아 뼈아픈

흙속의 긴 불면

데칼코마니

앞뒤로 여러 번 접어 반듯하게 자른 종이처럼
우리는 자주 포개어지고
서로에게서 잘려 나가고
어떤 문장도 나눠 갖지 못해

사, 는 죽음
랑, 은 물결
영, 은 그림자
원, 은 멀어지는 마음

최초의 은유는 글이 아니라 그림,
네가 삼킨 점과 내가 마신 선으로
우리는 이 세상에 없는 소묘가 되자

옷을 벗으면 몸은 더 아름다운 풍경
체온이라는 계절이 막 시작될 때
어깨는 사라지고
어깨의 부드러움만 분명해져

서로의 외곽을 입에 문 우리는
직선으로 저세상까지 뻗어
먼 미래의 삶과 오늘의 마음을
꽁꽁 묶는 매듭이 될 거야

줄 위에서 흔들리는 시계가 추락하지 않게
선에서 면으로, 면에서 입체로

우리는 사랑이라는 낯선 차원이 될 거야

죄와 쥐의 오독

베드로가 부인하여 이르되
나는 네가 말하는 것이 무엇인지
알지도 못하고 깨닫지도 못하겠노라
(마가복음 14:68)

나는 용서받을까 봐 종교를 버렸어요 꿈속으로 손톱
이 한 방울씩 떨어져요 손톱이 빠지도록 벽을 긁는 자식
은 아버지의 실수, 당신은 한 번도 아들인 적 없으면서 어
떻게 아들의 감정을 아시나요? 사랑했지만 이젠 지긋지
긋한 아버지, 나는 저 너머의 한세상을 살다 왔어요 당신
이 모르는 0의 세상을

와파린을 장기복용하면 잠 바깥에서 폭우가 쏟아져
요 몸을 둥글게 말아 엎드리는 자세를 쥐에게 배웠어요
두 발 달린 쥐, 네 발 달린 쥐, 기는 쥐, 나는 쥐, 헤엄치는
쥐가 붉은 홍수를 피해 꿈속으로 들어와요 나는 쥐들이
환호하는 소리에 잠 깨고

죄를 쥐로 오독하는 것은 간편한 회개, 그 회개를 회계하면 당신이 쏟은 긍휼과 자비를 피해 내리막으로 미끄러지는 순례, 쥐만 남고 나는 쫓겨난 방주 아래 1468개 계단이 0의 입술로 빨려 들어가요

내가 나를 용서 못 하는데 누가 나를 용서하나요? 아버지처럼 이제 나는 스스로 있는 자, 나는 나의 아버지가 되었어요 불멸이 된다는 게 이런 기분이군요 강 같은 후회, 바다 같은 증오…… 쥐와 나는 서로의 살을 뜯어먹으며 영생하겠지요

방주 밖에서 혼자

1

영생으로 비, 온다 함께 뛰어들던 방주의 철문으로 비,
온다 술 취해 언살 터지던 시멘트 바닥으로 비, 온다 앓
아누운 겨울밤 야훼가 하이힐 신고 걸어오던 길 위로 비,
온다 깨진 유리심장 끌어안고 울던 핏자국 위로 비, 온
다 다시 넘어갈 수 없는 날씨의 담장 아래로 비, 온다 나
를 천사로 살게 한 금빛 계명 하나씩 버리면서 비, 온다
무릎에 얼굴을 파묻고 하늘을 닫아 버린 사람의 등으로
비, 온다 부서지고 뒹굴고 텅 비어 있고 차갑고 우글거리
고 가둬 놓고 때리면서 비, 온다 천지를 창조한 네 말처럼
비, 쏟아진다

2

방주 밖에서 혼자 방주 안을 사랑했다
들어갈 수 있을 줄 알고
따뜻했는데 아늑했는데

상상이었다

그치지 않는 비가
귓속에서 범람한다
전생과 후생의 잠이 모두 젖는 소리

뒤를 돌아보며 도망치는 영생에는
소금기둥이 되는 것조차
비에 녹아 흐르고 흐르는 도시가 있다

안양 혹은 소돔

화목제

신령한 여름밤 내가 받은 축복의 성구

너는 내 것이라

혀가 촛농처럼 흘러내리는 변명
말씀에 활활 타는 화장火葬을 위해
두려워해라, 이제 너는 내 것이 아니다

믿음이 겁이 되고 벗은 몸이 수치가 되어
약속했으나 약속을 깬 피조물
우리는 두려워서 서로를 묶었고
달콤한 귀를 열어 생각을 파먹었다

너는 내 것이라

그때 왜 그런 말을 했을까
너와 나는 각자의 불로 걸어가는 화목제和睦祭

내가 왜 네 것이야?
나를 영원히 살리면서 너는
결국 우리를 죽였잖아

사랑이라는 불에 온몸이 녹아
달고나 향기로 공중을 떠도는
나는 흠 없는 짐승

가져가시겠습니까?

신이 대답하지 못하는 동안
약속들로 허비한 세상이 검게 타 무너지는데

잿더미에서 기어 나오는 내 아름다운 빨강
간교하고 가여운 사람의 심장

부재중 전화

안개가 매화를 감싸 안는 동안
죽은 사람에게 전화가 왔다
새벽강에서 펄떡이는 물고기를 낚아
여윈 바람에 비린 숨을 떠먹여 줄 때였다

새처럼 안개 속을 지저귀는 벨소리가
묘비보다 선명한 이름을 화면에 물어다 놓았다
오직 한 사람에게 들려주고 싶던 음악에는
반복되는 슬픔이 있어서
숲속인지 물속인지 아니면 구름 위의 병실인지
내가 서 있는 곳을 나는 알 수 없고

받으면 자꾸 올까 봐 받지 않았다
울면 자꾸 받을까 봐 울지 않았다
여우비 지나가는 소리일 거라고
절기를 착각한 끝서리의 입술일 거라고
전화벨은 내내 울리고 바람에서는
살아 있는 것의 냄새가 피어올랐다

당신이 사는 다른 세계가 있다고 믿으므로
꿰미에 걸어 둔 물고기를 강으로 돌려보냈다
첫 매화를 꽂고 싶었을 하얀 귀밑머리들이
흘러가고 벨소리가 멈추고 안개가 걷히고

나는 가장 붉은 매화를 사진 찍어 전송했다
확인할 수 없는 어떤 확인처럼
맑은 날씨가 막 시작되고 있었다

귀로

새벽 산책로를 걷는다

구름 아래 돌을 가득 실은 덤프트럭이 달려오고 있다
내 신발은 평온하다

이것은 조금 특별한 외출이다 두고 온 지갑이 생각나
도 다시 돌아갈 수 없는

흙먼지가 금관악기같이 둥글게 일어나고 나는 환한
빛 속에서 팔을 흔든다

떨어진 돌들은 구르는 것을 멈추지 않고

눈이 내린다 꽃들이 강변을 따라 끝없이 피어난다 너
는 사진을 찍고 있다 허공만이 동그란 새알처럼 인화되
는 폴라로이드를

여기 왜 왔어? 네가 물을 때

내 얼굴에 갈라지는 실금들에서 어제와 어제가 새어 나오고

보고 싶어서

오지 않은 모든 일들이 투명해진다 흙먼지 속으로 꽃들이 사라진다 덤프트럭이 일으킨 모래바람 속에서 눈 내리는 풍경이 점멸하면 너를 영원히 볼 수 있다

물과 하늘 사이 젖지도 마르지도 않는 신발이 발을 잃고 떠돈다 길을 모르는 신발보다 발을 버린 신발이 더 아름답다는 걸 늦게 알았다

돌무덤이 생겼다

이제 산책 끝에는 돌이 있다

몸이 없어도 네 몸속처럼 따뜻한 나의 집

즐거운 우리 집

내일 흔들려야 할 나무가
어제 죽은 바람과 눈 맞춘다

다시는 세상에 오지 않으려고
한 계절 투명한 꿈을 우는 매미처럼

나무가 흔들리는데
햇빛의 꼬리만 입에 물고
꽃에서 첫눈으로 졸고 있는 아이야

긴 낮잠 끝엔 너를 안아 줄 팔이 없고
어둠은 무심하게 노을을 데려가고

누군가를 기다리는 나무에게
저녁의 불빛들은 외국어로 말을 건다

모든 게 제자리에 있지만
주소를 몰라 아무도 오지 않는 집

창밖에서 듣는 잠은 평온하구나
네가 잠 깨면 폭설이 쏟아지겠지

나무가 흔들린단다
우리가 여기 와 있단다

어떤 웃음은 어제에만 있어서
오늘의 날씨로 돌아오지 못한다고

잘 자라 우리 아가

창문에 글씨를 쓰고 나면
입김을 불어도 손이 따뜻해지지 않는다

갈 수도 올 수도 없는 이 저녁엔

오늘 같이 있는 사람은 내일 없는 사람

1

너는 내 눈이 아니라 내 눈에 고인 노동을 보았지

너는 내 말이 아니라 내 말에 스민 실패를 들었지

너는 내 숨이 아니라 내 숨에 숨은 절망을 삼켰지

너는 내 혀가 아니라 내 혀에 번진 중독을 핥았지

2

오늘 같이 있는 사람은 내일 없는 사람

그게 미리 슬퍼서 너를 만지지도 못하고

하룻밤만 같이 있자는 말을 차마 할 수 없었지

하룻밤만 같이 살자는 말 못 한 채 눈도 코도 없이 혼자

살았지

3
너와 있는 동안 나는 죽어 가는 한 마음을 사랑했지

단 하루만 나에게 아름답고

내일부터 너에게만 아름다운 세상에서

어떤 마음도 다시는 태어나지 못했지

4
그저 한숨 자고 싶어 죽는 사람이 있어, 너는 말했지

빙장氷葬

나는 네게 쏟아질 수 없어
얼음 속에
한때의 불덩어리 마음과
꽃 같은 입술과
피멍 든 고백을 담는다
기형도 시집
버버리 향수
소금사막 빛나는 새벽이
내 빙장의 부장품이다
얼음에 갇힌 시신이 되어
너라는 극점에서부터 가장 먼
추위를 불경처럼 듣고 있으면
지구 반대편 햇살이
백만 년 늦게 당도해
아무도 읽지 않은 내 귀를
오래 핥아 녹여 주겠지
나는 영원을 표류하는 얼음무덤
내 심장은 얼어 있을 때만 반짝이고

얼음이 다 녹으면 비로소
금붕어처럼 펄떡거릴 옛날의 목숨

철제침대의 행진

하얗고 긴 복도가 펼쳐지고 있다

끝이 없는 무빙워크

창밖에는 날아오르는 것이 없지만

닫힌 문을 열기 위해

열린 문을 닫기 위해

철제침대의 행진

형광등과 화재경보기와 스프링클러와 스피커와

여름

유리를 뚫는 매미들

스피커와 스프링클러와 화재경보기와 형광등과

겨울

정지화면 속의 나무들

한겨울에 "덥지 않아 살 것 같아" 말하는 사람처럼

"살 것 같아, 죽지 않아" 이 안도감은

중립지대에만 있는 믿음

혈관에 바늘을 꽂고

숨의 부력을 버리고

중립지대로 중립지대로

누워서 달려가는

행진, 철제침대의

무빙워크, 끝이 없는

복도, 하얗고 긴 궤적으로

대신 날아오르는 나무들

멈추지 않는 정지화면

코드 블루, 코드 블루

중립지대의 적정온도

"죽을 것 같아"

끝없이

열어야 할 문을 닫고

끝없이

닫아야 할 문을 여는

하얗고 긴 감각이 펼쳐지고 있다

드림캐처

잠에서 벗어나려고?
아니 꿈에서 도망치려고?
내리자마자 물이 되어 죽는 눈을 맞아 본 적 있니?
너도 눈처럼 녹으면 좋겠지만
나쁜 너는 쌓이고 좋은 너는 죽는다

꿈을 지우려는 소리들이 우글거리는 방
소리들이 결로結露가 되어 차갑게 운다
소리는 빛이 아니지만 어둠 속에서 자라나고
혼돈과 공허와 흑암으로 이뤄진 추억은
소리의 유전자를 나눠 가져 같은 온도로 운다

옥상엔 꽁꽁 언 쥐가 있었어
색깔 없는 숨이 옥탑을 적시면
허공의 집에서 죽은 짐승들은 모두 날씨가 되었지
영정이 걸려 있는 구름에선
얼지 못한 물이 내리곤 했단다

꿈인지 생시인지
이 추위는 꿈속의 날씨인지 내일의 날씨인지
드림캐처는 그저 너라는 토템인지
신앙도 과학도 아니면서 우리는
추락하는 느낌, 손에서 미끄러지는 유리컵의

두려운 예감
악몽 대신 네 꿈만 꾼다
돌아오지 못한 내가 네게로 가 악몽이 되길
내용은 기억나지 않고 느낌만 남은
우리라는 꿈

첫눈이라는 죄책감

나쁜 날씨가 손톱을 깎는다
나쁜 마음이 들 때마다
네가 손톱에 낀 내 살과
희망을 버리던 것처럼

모서리를 가진 절망들이
정수리에 날아와 박힌다
선교사에게 학살당하는 원시 부족처럼
나는 저항 없이 눈을 맞는다

어제의 구름이던 물과 얼음에게
녹는 것과 깨져 뒹구는 것
어느 쪽이 더 고통스러운지 묻고 싶다
죄책감이란 더 아프게 죽겠다는 다짐이니까

산 채로 당하는 조장鳥葬도 있을까
손톱과 눈과 새 떼가 흰빛으로 날아온다
겨울은 나를 쪼아 먹는 부리질

두 팔을 벌린 채
살점 떨어지는 날씨의 처음으로 거슬러 올라가면

구름 하나 없이 쨍쨍한 우리가
안양천 윤슬로 반짝거리는 봄날이 있다

화르르 쏟아지는 벚꽃 아래

가장 아름다웠던 개종

사순절 묵상

장의자에 입술을 문지르면 스테인드글라스의 푸른 빛이 입에 번진다

색소사탕

내 기도는 우물거리는 빛을 독으로 바꿀 수 있어, 나는 설마 하나님이 계실까 봐 입 속의 푸른빛을 뱉지 못하고

성가대는 없는데 합창 소리가 들린다 소돔은 환하고 고모라는 달다, 소돔은 환하고 고모라는……

아무도 없는 교회에 화음化淫

색소사탕 색소사탕

서로 준비한 달콤한 것을 꺼내어 놓는 사순절 오후

죄가 죄를 계속 밀어내면 마침내 지옥은 텅 비게 될 거야

신이 신을 밀어내어 신이 추락한 세상엔 구원도 비처럼
쏟아질 거야

창밖으로 검고 큰 그림자가 지나간다

괜찮아, 여기는 고래 뱃속이고
끈적끈적한 햇살인 하나님은 이교도도 사랑하시니까

네 입술의 푸른빛은 내가 너를 구원한 표식

부활절 묵상

무덤은 언제나 따뜻하다 거기 당신이 누워 있으니까

나는 지금 우리가 백 년 전에 태어난 여름 공원을 발목 없는 발로 걷고 있다

아무리 물을 뿜어도 무지개를 가질 수 없는 인공분수처럼

태어나 솟구치기만 했으나 닿지 못하고 흩어진 고백들을 움켜쥔 채

배드민턴 치던 연인도 치킨 배달원도 키스를 훔쳐보던 공원 관리인도 영원을 더듬어 문을 잠근 저녁, 죽고 싶어도 죽지 못하는 석양이 백 년 참은 말을 내 귀에 쏟아부으려 할 때

지난 세기에 우리는 여기 있었다
4차산업혁명과 침몰하는 슬픔과 걷잡을 수 없는 감염

병과 함께

우리는 잭콕에 서로의 숨을 타 마셨다
너는 옥탑의 안개처럼 비리고 축축했다
삶도 죽음도 아닌 날씨
내가 떠나지 못한 인간의 체온

너는 아침이 없는 아침으로 돌아갔지만

나는 사라진 육체, 그러나 단단히 맺힌 마음
한 세기의 손톱과 눈썹, 압정 같던 등뼈를 부장품으로
챙겨
영혼, 이라고 누군가 써 놓은 돌 속으로 들어간다, 귀
만 남은 영생을 듣기 위해

사랑해, 내 무덤은 비었고 당신 무덤으로는 천진한 뱀
이 기어드는 것을, 사랑해, 무화과나무처럼 완벽하게 무
성한 인공분수를, 사랑해, 영원한 고통인 구원을, 사랑

해, 뱀과 신이 한목소리로 속삭이는 네 이름을

꿈틀꿈틀 지나가는 저 흰빛 부활의 꼬리
내 22세기는 나를 용서할 신이 없는 텅 빈 천국

4부

함께 어두워지는 날에

나비

엑스레이 사진을 보았지
당신의 몸속을 처음 보았지
나비 한 마리가 커다란 날개를 펴고 있었지
반투명한 나비 날개 뒤에서
태양은 개기일식 중이었고
어둠이 당신 몸을 뚫고 거미로 기어 나와
당신과 나 사이엔 검은 눈이 내렸지
눈은 삼키고 모래는 토하는 동안
나비는 가만히 날개를 접었지, 그래
당신과 나는 살자, 살자 약속하고
아이 하나를 낳아 길렀지
거미처럼 기어 다니던 아이가
처음 두 발로 일어서던 날
오래 잠자던 나비도 날개를 펼쳐
당신은 멀리멀리 날아가 버렸지

옥탑의 시에스타

화단에 뿌린 물이 마르고

장미 덩굴이 옷걸이를 타고 오르고

민방위 사이렌이 울리고

새들은 옥상을 맴돌다 꿈과 함께 날아가고

아까시 숲이 이글거리고

에어컨 없어 창문을 여는 오후가 많고

눅눅해진 책들이 파도 모양으로 휘어지고

사랑은 팔 저린 방바닥에 눌어붙고

이대로 살거나 죽거나

저승 같은 낮잠에서 깨어나도

네가 내 곁에 있는 세상이었다

천사의 기도

십 초짜리 태양이 평생의 사막이 되었어요

단 한 번 입술로 토마토 축제가 시작되고
유행가가 통조림에 담겨 배달되는 마을에서

당신은 전체가 아니라 부분으로 내려와요
저는 부분이 전체일 수 없다는 걸 알아요

그러나 어떤 일부는 어떤 전부

벌써 하얘진 머리와 불을 삼킨 뺨 위에서
날개와 분리될 수 없는 어깨 위에서

한 점의 눈은 선이 되고
선은 최초의 면이 되고

당신이 제게 준 것은
부분은 뜨거워도 전체는 얼 수 있는 마음

그러니까 마치 이글루 속의 모닥불 같은 거

전부 녹아도 일부는 함께 흐를 수 없다면

십 초가 평생이 되어 버린 저는
오늘 밤 눈 내리는 사막의 감정으로
날아가는 토마토의 침울한 희망으로

인간에게 갈래요, 전부 잃어버리기 위해서

비를 듣는 오늘은

바람에 귀를 씻고 포플러 잎사귀 헤드셋을 쓴다 아이
디와 비밀번호를 입력하고 전송 속도가 느린 구름을 기
다린다 소리를 튕겨내기 위해 탄력을 더하는 거미줄 스
피커, 새들이 허공의 음향 시설을 점검한다

아침에 내리는 비는 물의 건반을 스타카토로 튕겨낸
다 소나기는 크레셴도와 데크레셴도를 오간다 봄비는
얼었다가 녹은 심장에 날개를 달아 준다 푸른 표범이 흰
소를 뜯어먹는 새벽비는 닫힌 옥탑방 창문과 싸워 쓰러
진 내 주먹을 조롱한다

빗소리가 더듬는 얼굴이 귀에 바람을 불어넣는다 그
치지 않는 웃음소리가 스타카토, 알레그로, 피아니시
모…… 머리칼이 건반을 타고 스크래치, 노이즈, 에코로
멀리 있는 내 죽음에 부드러운 문양을 새긴다 비를 듣는
오늘은 네 발자국이 모두 증발한 초우初虞

강물의 속공 플레이

손은 놓치기 위해 스물일곱 개의 뼈와 다섯 개의 손톱
을 가졌다
움켜쥔다는 것은 놓아 버릴 준비가 되었다는 뜻이다

천변에서 소년들이 농구를 한다

얼마 전 집중호우로 불어난 강물이 펼치는 속공 플레이
이맘때 물소리는 불안을 키우는 병이다

손을 구겼다가 길게 펴면서 물이 물을 놓아 버리고
놓친 물은 놓쳐진 것들끼리 다시 손을 만든다

물에서 가깝지만 물이 될 수 없는 손들이 농구공을 기
다린다
물소리를 모르는 귀들이 뾰족해진다

농구공이 날아간다

두 손에서 열 손으로
잘 놓친 공만 통과할 수 있는 쇠의 원주율을 향해
골대 아래 손들이 펼쳐진다
저마다 잘 놓칠 수 있다고, 쉰네 개의 뼈를 움직이면서

농구공이 잘못 날아간다

손이 닿을 수 없는 강물의 속공으로

패스미스

시작과 동시에 끝나 버린 농구 시합

열두 개의 손을 무력하게, 승리와 패배를 고요하게, 324
개의 뼈를 정물로 만들면서
해를 받아먹는 하류의 금빛 골대를 향해

스팔딩 천연가죽 농구공이 흘러간다

가장 잘 놓친 손에게 물소리를 쥐어 주는
강물의 속공 플레이

벚꽃은 참돔의 미래

절단면에서 날아오르는 붉은 새 떼가
참돔에게 캄캄한 저녁을 덮어 주고 간다
덩그러니 버려진 대가리에는 맑은 눈알이 박혀 있고
눈알 속에는 벚꽃이 한 방울씩 떨어진다

벚꽃은 참돔의 미래

살결과 체온과 냄새를 지닌 꽃잎이다
꽃잎의 두께를 결정하는 건 조도다
빛의 밀도에 따라 무게와 색이 달라진다
오늘의 빛은 날카롭고 차갑다

빛도 차가울 수 있다

대가리가 견딘 것인지 몸통이 견딘 것인지
알 수 없는 통증이 카드 전표로 출력되는 동안
얼음 접시에는 붉은 살점이

마치 꽃잎 같아요
(어머, 시적이네요)

꽃 같은 그 한마디 말이 되려고
참돔이라는 형태가 사라진 세계

우리는 밤늦도록 웃고 취하며
서로의 윤곽을 파먹는다

그것이 미래인 줄 모르고
끊임없이 사라지는 경계인 줄 모르고

꽃잎이라는 장마

1

뚫리지 않는 벽을 뚫으려고 꽃잎이 떨어진다 꽃잎마다 이빨이 돋아 있다 독기를 품은 꽃향기가 갸르릉거린다 찢어지고 또 찢어져도 꽃은 쉼 없이 떨어진다 단 한 잎이라도 저 단단한 벽을 관통할 수 있을까

젖지 않는 벽을 지키려고 우산이 펼쳐진다 우산은 대성당처럼 견고하다 아무도 침입할 수 없는 요새에서 사람들은 사제가 되었다 사월의 종교에는 성막이 있고 황금 가면을 쓴 제사장은 짐승을 잡는다 짐승의 목에서 꽃잎이 왈칵 쏟아진다

도축 짐승 목덜미, 벚나무 우듬지, 캄캄한 바닷속에서 꽃잎은 알몸으로 떨어진다 엑스선에 투과된 꽃의 내장이 텔레비전에 알록달록 떠오른다 가지에서 분리돼 온몸이 무력한 꽃을 보며 황금 가면은 웃는다

아무도 울지 않을 때 꽃잎이 떨어진다 태풍도 낙뢰도

없이 꽃잎만 떨어진다 가면을 한 입 물어뜯기까지 만 개
의 잎이 소각된다 가면에 생채기가 나야 웃음은 순금이
아니라 도금임이 밝혀진다

2

꽃잎이 떨어지고 떨어진다 부드러운 꽃잎에 가면은
변색되거나 찌그러진다 우산들의 강철대오도 조금씩
헐거워진다 사람들은 꽃을 막을 수 없는 우산을 버리기
시작한다

시간당 300밀리미터의 꽃잎이 떨어진다 마침내 뾰족
한 못과 망치가 되려고, 스스로 죽이고 살리려고 떨어진
다 황금을 믿지 않는 사람들은 가면을 벗고 꽃잎이 된다
부딪치고 찢어지면서, 울고 멀리 멀리 흐르면서, 팔다리
없이 몸부림치면서

떨어진다
꽃잎만 한 구멍 하나가 우리를 본다

홍차가 아직 따뜻할 때

홍차를 마실 때마다
겨울 태양의 외로움을 껴안는다

손에 쥐면 차가운 불처럼

좀 더 따뜻하게
좀 더 따뜻하게

그림자의 길이로
마음을 측량하는 법

홍차가 식는 줄도 모르고
이곳의 겨울이 저곳의 여름인 줄도 모르고

나는 마음을 알지 않으려고
세상을 전부 그림자로 만든 적이 있다

겨울 태양이 외로울까 봐

그를 업고 함께 어두워지는 날에는

들판마다 타오르는 부끄러움이 있다
불로 비춰야만 읽을 수 있는 문장들

펄펄 끓어야 비로소 우러나는 빛

태양이 지닌 단 하나의 작은 빙점을
나는 사랑이라고 배운다

플로어 스탠드

너는 등대가 아님에도
바다의 귀를 지니고 있어
어두워지는 무렵의 내 울음을 잘 들을 수 있지
너는 날 수 없는 새
빈 늑골에다 무채색을 채우는 백상아리 주검
나는 그 색채를 생각의 칼로 떠서
음미하기를 좋아하는 미식가다
그게 아픈 너는 내 생각을
달콤한 촛불의 춤으로 바꿔 놓으려 하지
내 눈썹에서 희미한 꿀 냄새가 풍기는 이유야
네 눈물은 내 눈으로 와서 노래를 퍼붓는 비가 된다
비를 맞으면 허무의 높이를 딛고 선
발가락이 뚝뚝 부러져
그때 오렌지색 머리칼 속에서 네 눈망울은
고열로 부풀어 오른 어린 행성이야
땡땡 부어오른 붉은 아가미야
오늘도 나는 네 머리칼 속으로
숨어서, 부끄러움을 모르는 혀를 내밀어

네 금속 척추를 아름다운 알몸으로 바꾸는 중이지
두근거림보다 환한 새벽이 밀물로 오는 소리 들으며

노을의 방식

노을을 펼치기 위해 구름 뒤편에선 투견판이 벌어진다
그 거룩한 링에는 미움이 없다 핏방울은 사랑스럽게 튀어
오르고 꽃 같은 싸움, 물감으로 흉내 낼 수 없는 붉음

태양을 찢은 건 구름이 숨긴 이빨이다 꼬리에 꼬리를
물고 역광을 날아가는 새들이 실은 하늘의 상처를 꿰맨
자국이라니

싸움개의 전생은 수상좌대에 낚시를 펴고 물고기나 낚
아 올리던 한량인지 모른다 철창 세운 겨울나무들에 갇
혀 피 흘리는 건 전생에 대한 형벌, 송곳니 박힌 곳에서 노
을은 태어나고

한 생애가 맹랑하게 덤벼들었다가 피 쏟고 축 늘어질
때, 울지 마라 싸움에서 진 개들이 시커먼 어둠으로 우러
나더라도

그대와 나는 철창 안에 마주 선 두 마리 개였을까 내 더

러움 속에 깃든 한때의 촛불에 그대 언 손 따뜻했었나
나는 그대 어깨에 날개 문신 새겨 준 것 후회하지 않는다

그대가 낯선 몸을 열어 둥근 이마를 빛내고 검붉은 얼
룩으로 앞강 적실 때, 그대가 서 있는 곳의 노을을 나에
게 방류해 주길

나는 투견처럼 상처 입고 단단하므로
노을은 내 세계를 에워싸는 어제의 명암이므로

바다 우체국

남태평양의 섬나라 바누아투엔
바닷속 우체국이 있다
말미잘 편지지에 쓰인 물고기들의 사연이
대륙붕과 산호마을을 넘어
바다의 우체국까지 오는 것이다

멀리 타히티로 보내는 엽서들
물결에 글자들이 달아날까
햇살에 말린 코코넛 우편함에 담긴다
사람이 사람에게, 물고기가 물고기에게
얼마나 많은 안부들이 우체국을 거쳤을까
태양도 제 몸에 사연을 담아 우체국으로 보낸다
집배원들은 그 빛살을 심해로 배달한다

우리 사이 바다에도
미처 전송 못 해 쌓아 둔 편지들
네 미소 천 갤런이 담긴 예쁜 답장
저녁놀 반사하는 파도에 실려 와

작은 글씨 새기겠지, 우체국이 있다면
그때, 핏물로 쓴 편지들을 빠른 우편으로 보낼까

물살의 집배원이 내 문을 두드린다
그가 내게 건넨 것은 파도, 수취인 불명
젖은 봉투 위에서 제 집을 무너뜨린 글자들을 본다
주소가 지워진 낯선 저녁
핏방울 맺혀 있는 노을 속에
나는 우체국을 묻는다

클라라를 위한 시

빛이 닿지 못하는 곳으로 소리는 흘러간다 소리는 빛보다 강하고 섬세한 언어다 어둠마다 얼음이 박힌 북극의 밤에선 유리 두드리는 맑은 소리가 나고 사막에 이는 바람 속 모래와 별은 용케 파도를 기억해 물 없이도 비를 연주한다 그러나 그녀의 고향은 툰드라도 사하라도 아닌 소리의 극지極地, 고백하건대 나는 그녀의 소리를 사랑해서 백 년 동안 헤맨 적이 있다 그때 소리의 무늬를 따라 시작과 끝을 모두 다녀온 내 두 귀는 한 그루 단풍나무가 그녀에게 빛나는 곡선을 주었음을 듣게 되었다 극점과 극점이 입을 맞춰 처음도 마지막도 없는 순환의 세계, 단풍나무에 열린 달과 태양 사이에서 그녀는 파동이 되고 리듬이 되어…… 빛과 파동과 리듬을 모두 지닌 아름다운 운동이다 나아가면서 휘어지고 소멸과 신생을 거듭하면서 나를 어디론가 데려가는 이 부드러운 꿈은, 더 이상 오늘이 나타나지 않는 최후의 오늘로 와서 빛이 넘을 수 없는 저 너머의 아득한 얼굴을 비추는데, 연주가 끝나도 사라지지 않는 소리, 클라라 그 미소의 영원

사랑이라는 이름의 종교

임지훈(문학평론가)

세계는 분명 하나다. 우리의 눈에도, 우리의 말 속에서도 세계는 늘 하나다. 무수히 많은 경계가 세계를 가로지르고, 서로 다른 말들이 우리의 현실을 다르게 표현한다 하더라도, 세계가 하나라는 사실은 부정할 수 없다. 그럼에도 불구하고 우리가 세계에 대해 말할 때면 늘 같은 어려움이 발생한다. 마치, 너의 세계와 나의 세계가 각기 다른 세계이기라도 한 듯이, 세계가 단지 하나가 아니라 구슬 주머니 속의 구슬이라도 된 것처럼.

그럴 때면 이런 생각이 든다. 이렇게 말해 보는 것도 괜찮을 거라고. 아주 옛날에, 세계는 본래 하나였다고. 너와 내가 아직 같은 세계에 존재했던 시절이 분명 존재했다고. 하지만 이제 그 시간은 기억으로만 남아, 나 혼자 남겨진 세계에 흉터처럼 새겨지게 되었다고. 여전히 우리에게 세계는 하나이지만, 그건 더 이상 온전한 하나가 아니다. 이제 이 세계에는 네가 없으므로, 이것은 '너'만큼의 부재를 지닌 세계이다. 그것은 흉터를 머금은 하나, 갈라지고 찢겨진 채 남겨진 하나의 세계, 한 사람의 세계이다.

이병철의 시적 세계에 대해 말하기 위해서는 이처럼 하나를 다시 세는 과정이 필요하다. 하나이지만 흉터를 머금은 하나, 단 하나의 세계이지만 '너'의 부재로 인해 그만큼이 사라져 버린 '하나'의 세계. 마치 일정량의 물이 증발해 버린 컵 안의 물처럼, 하나이지만 결코 충만한 하나는 아닌 세계. 화자는 그 세계에 대한 기억을 사랑이라 부르며 사랑이라는 이름으로 자신의 세계와 그 속에 기입된 흉터를 매만진다. 마치 종교적 비의가 담긴 경전을 읽는 자세로, 혹은 불에 데인 상처를 자기도 모르게 만지는 것처럼. 혹은 간밤의 꿈에 시달려 마른세수를 하는 사람처럼. 점차 흉터가 되어 가는 기억의 자리를 매만질 때면, 화자에게는 온갖 말들이 피어나지만 이는 그 모든 것이 과거가 되었다는 사실을 강하게 인지시켜 줄 따름이다.

우리의 모든 과거가 끝나지 않은 서사라면

보지 않고도 믿을 수 있겠니?
글자를 모르는 숫자들과
그림자도 구원받을 수 있다는 걸

그는 만져지지 않아

패배하는 신, 죄를 짓는 신, 구름을 보다 우는 신

무릎이 까진 신, 코인노래방에서 노래하는 신

영원히 머물 곳을 구하러 무덤으로 기어드는 신

물은 낙차를 가질 수 있어서 신이 되었다

마음껏 떨어지고 떨어뜨리고

식인 풍습을 가진 이빨들을 처마에 매달아 놓고

그것이 서사가 아니라면

　　　　　　　—「사랑이라는 신을 계속 믿을 수 있게」 부분

　위의 시에서 화자는 자신의 몸속에서 자꾸만 떠오르는 충만했던 세계에 대한 기억을 토로한다. 그것은 패배한 자도, 죄를 지은 자도, 구름을 보다 우는 자도, 넘어지고 노래하고 심지어 죽은 자조차도 신이 될 수 있는 세계이다. 물이 떨어질 수 있어 신이 되는 것처럼, 그곳에서 모든 존재는 자신의 존재됨을 통해 신성을 소유할 수 있다. 그런 의미에서 이 세계가 가진 충만함이란 모든 존재가 자신의 존재됨을 고스란히 드러낼 수 있고, 그러한 드러남이 어떠한 가치로도 책정

될 수 없는 세계인 동시에, 단지 그것만으로 존재가 스스로의 모습으로 존재할 수 있는 세계의 모습이라 할 수 있다.

그리고 이 말은 화자가 처한 현실의 곤궁을 역설적으로 드러내는 것이기도 하다. 그가 처한 현실이란 패배자와 죄지은 자와 구름을 보다 우는 자와 넘어진 자와 노래하는 자와 죽은 자가 신이 되지 못한 채 배회하는 지옥이다. 어느 누구도 신이 될 수 없는 이곳에서 스스로의 존재됨을 드러내는 것은 그 자체로 충만한 일이 아니라 현실의 논리에 따라 평가되는 대상으로 전락한다. 존재됨을 드러내는 것이 존재의 자기 증명이 아니라 대상으로 전락하는 행동이 되고 마는 이와 같은 현실은 충만으로부터 멀어져 퇴락하고 쇠락해 버린, 지금 이 글을 읽는 우리가 속한 현실의 모습이다. 이 세계에서는 어떠한 존재도 자신의 존재됨을 통해, 혹은 어떤 행동을 통해서도 신성을 소유할 수 없으며, 삶은 그와 같은 신성의 불가능성을 통해 박음질된 모습으로 존재한다. 그렇기에 이 세계에서 그리움이라는 감정은 고통을 동반하며, 현실에 의해 하나의 죄로 단정 지어진다.

여기에는 한 가지의 문제가 더 따라붙어 있다. 그것은 화자가 둘 가운데 하나의 세계만을 오롯이 소유

한 자가 아니라는 사실이다. 신성의 세계와 죄의 세계 사이에서 번민하는 화자에게는 그와 같은 기억이 흉터로 새겨져 있으며, 신성이 불가능해진 세계는 그의 육신을 거듭 괴롭힌다. 기억과 감각의 틈새에서 화자의 고통은 흉터로 인한 되새김과 현실로 인한 통증이라는 두 가지 양태로 나타나며, 이는 우리에게 화자의 고통이 그 모든 충만함이 돌이킬 수 없는 과거가 되었음을 전달하는 방식이기도 하다.

그 충만했던 세계의 기억을 화자는 '사랑'이라 부른다. 이병철의 시집에서 자주 흔적을 통해 만나게 되는 '사랑'이라는 시어는 말로써 현전하지만 말을 통해서는 충만하게 드러나지 않는다. 그것은 오직 과거의 시간 속에서만 온전했던 것으로서, 신성이 불가능해진 현실에서는 그 존재됨을 오롯이 드러낼 수 없기 때문이다. 화자는 현실에서 과거로부터 사랑을 다시금 소혼召魂하려 노력하지만, 그와 같은 시도는 거듭 실패할 따름이여서 이는 화자로 하여금 자신의 무능력을 죄책감의 형태로 상기시키곤 한다. 하지만 뒤집어 말하자면 이는 화자의 무능력 때문이 아니라 세계의 불충분함으로 인해 벌어지는 비극이다. 현실이라는 조건으로 인해 사랑이라는 흉터를 가진 자는 필연적으로 경험할 수밖에 없는 비극 말이다. 모든 신성이 소거

된 세계에서 신성에 대한 기억을 표현할 수 있는 것은 불충분한 말뿐이고, 그렇기에 '사랑'이라는 말 또한 불충분하게 드러날 뿐이다. 화자는 이 세계에서 '사랑'을 이미지와 행위를 통해 드러내려 시도하지만 그와 같은 시도들은 늘 신성에 차마 가닿지 못하고 추락한다. 슬픈 것은 이것이 현실에 따른 필연적 결과임을 화자 또한 알고 있다는 점이다.

그래서 이 시집에서 '사랑'이라는 단어는 문자로써 표현될 때 가장 사랑과 거리가 먼 것처럼 느껴진다. 그것은 '사랑'이지만, 사랑이라 읽을 수 없는 문자이다. 신성한 감각으로도 현실적 감각으로도 온전히 번역될 수 없는 사이의 말은 그렇게 우리에게 가장 생경한 말이 되고 만다.

하지만 그럼에도 화자는 계속해서 사랑을 말하며, 우리가 떠나온 충만했던 세계에 대해 누설하고자 시도한다. 그것은 다시금 언어를 통해서이지만, 보다 정확하게는 '시'라는 형식을 통해서이다. 형식은 질료를 내용으로 바꾸는데, 이때 질료와 내용 사이에는 좀처럼 세어질 수 없는 최소한의 차이가 기입된다. 언어를 통해 명징하게 파악될 수 없는 이 시적 차이를 통해 화자는 '사랑'을 우리의 현실에 잠시나마 현전시키고자 시도하는 것이다. 하지만 '말'을 통한다는 점에서

'시'는 숙명적으로 사물을 있는 그대로가 아닌 오인을 통해 현전하게 만들기에 늘 화자의 통제를 벗어난다. 사물에 가닿고자 할 때면 말은 제 소리를 잃어버리고, 제 소리를 찾고자 말을 또렷이 발음할 때면 사물이 멀어진다. 화자는 이와 같은 말과 사물 사이의 딜레마에 대해 「시의 작은 역사」를 통해 다음과 같이 말한다.

짧은 매몰에서 돌아온 사람들은 알 수 없는 언어로 말을 했다

말이라기보다는 길들이지 못한 야생의 새 같았다 새라기보다는 흙을 뚫고 나오는 첫여름의 아지랑이 같았다 아지랑이보다는 파도에 떠밀려 온 폐그물, 아무것도 잡지 못해 다시 공중으로 흩어지는 빛들, 빛이 닿자 어두워지는 반대쪽 숲의 새소리……

무언가 무너져 내리는 꿈에는 중력이 없다 아무것도 무너지지 않고 오직 무너지는 느낌만이 연속으로 무너진다

알아들을 수 없는 만큼 무너지고 무너진 만큼 새로운

세상이 지어졌다 말이 중력을 잃자 먼지들이 별에 달라붙
었다 사물이 투명해지고 허공은 윤곽을 입었다

(중략)

무언가 쌓여 오르는 꿈에는 중력이 있다 아무것도 쌓
이지 않고 오직 쌓이는 느낌만이 연속으로 쌓인다
　　　　　　　　　　　　　　　　—「시의 작은 역사」 부분

충만한 세계에 대한 기억이 온전할수록, 우리의 말
은 어그러지고 만다. 우리의 말이란 우리가 처한 신성
이 부재한 세계 속에서 고안된 것이기 때문에 우리에
게는 그와 같은 신성을 표현할 수 있는 소리가 부재
하기 때문이다. 그렇기에 충만함에 대한 기억을 간직
한 사람들의 말은 우리가 아는 '말'보다는 사물에 가
깝게 들려온다. 마치 갓난아기의 울음소리처럼. 그리
하여 울지 않기 위해 말을 배우자 우는 법을 잃어버린
어른처럼 말이다. 그래서 이 시적 세계의 화자는 계속
해서 말을 하지만, 그 말은 멈추지 못한 채 잃어버린
세계라는 대상의 주변을 거듭 선회한다. 그 속에서 화
자의 말은 "아무것도 쌓이지 않고 오직 쌓이는 느낌만
이 연속으로" 쌓여 간다.

어쩌면 누군가는 이와 같은 시도를 허무하다고 말할지도 모른다. 우리가 표현할 수 없는, 과거가 되어 버린 서사에 대해 말하는 것이 무슨 의미가 있겠느냐고. 그건 단지 우리의 무능함을 자각시키고, 슬픔과 허무함을 자아낼 뿐이지 않느냐고. 만약 위의 문장을 거듭 씹어 내린 끝에 그와 같은 결론에 도달하였다면, 그것은 정확히 시인이 안배한 언어의 길을 따라온 셈이다. 현실 너머에 존재하는 충만한 세계는 그와 같은 무능함에 대한 자각으로부터 그 실루엣을 그려내기 때문이다. 그러니 남은 것은 슬픔과 허무함을 밀쳐내는 것이 아니다. 그 감정이 바로 우리가 충만한 세계에 기거했었음을 증거하는 단서이기 때문이다. 그러니 앞서 말한 거듭되는 선회는 결코 쌓여 가는 느낌만을 들게 하지 않는다. 그와 같은 선회 속에서는 잠시나마 말로 표현할 수 없는 쓸쓸한 아름다움이 일별되는데, 그것이 바로 이병철이라는 시인이 거듭되는 형식의 변형을 통해 이루어내는 '사랑'의 느낌이다. 다만 '사랑'은 아닌, 그러나 '사랑'이 아닌 것은 아닌 그 느낌. 그리하여 우리의 눈에 스쳐 지나가는 느낌 속에서, 사랑은 잠시 과거로부터 벗어나 현실에 현전하여 스스로의 생명력을 드러낸다.

오늘의 달은 죽고 그때의 달만 살아서
산 육체와 죽은 마음이 옥탑에 오른다
세상에서 가장 높은 집에도 지붕이 있고
그 지붕에는 끝내 기어 올라와 울어대는 고양이와
이미 썩은 채로 헤엄쳐 온 생선이 있을 것이다

(중략)

높이는 지상에 뿌리를 두었을 때만 높이인 걸까
옥탑도 하늘도 신도 다
허공을 떠도는 먼지에 불과하다고
달빛 속을 부유하는 저 금빛 모래들
마음이었고 생생한 육체였고 폭발하는 감각이었던
만월의 여름밤

—「만월의 여름밤」 부분

　오늘의 달이 지고 어제의 달이 떠오르는 신비한 옥
탑 위에서, 우리가 만나는 것은 현실이지만, 그것은 단
지 현실에 불과하지 않다. 그것은 과거를 간직한 현재
로서 언젠가 이 세계가 충만했던 시절이 있었음을 여
전히 상흔으로 간직하고 있는 현재이다. 그것은 우리
가 슬픔과 허무감으로부터 눈 돌리지 않을 때 출현하

는 것으로서, 여전히 뜨고 지는 달이 어제의 달이었다는 사실을 감각할 때 가능해지는 공간이다. 그곳에서 과거를 비추는 말들은 "하늘도 신도 다/허공을 떠도는 먼지에 불과하다고" 말해지지만, 그것은 화자의 눈에 "달빛 속을 부유하는 저 금빛 모래들"로, 검고 어두운 하늘을 다른 빛으로 채색하는 효과를 불러일으킨다. 그것은 다시금 "마음이었고 생생한 육체였고 폭발하는 감각이었던/만월의 여름밤"을 지금-여기에 말을 통해 소혼하는 관문이다.

이것은 이병철이 구조화시키는 시적 세계가 우리의 현실과 동일하면서도 역전된 형태를 지니고 있음을 보여 주는 것이기도 하다. 가령 우리의 현실이 상징적 구조를 통해 눈이 아닌 말을 믿으라고 지시하는 것이라면, 이병철의 시적 세계는 이와 같은 구조를 뒤집어 다음과 같이 만든다. 말을 믿지 말고, 너의 눈을 믿으라. 너의 눈에 비춰지는 세계의 흔적에 초점을 맞춰라. "만월의 여름밤"은 바로 너의 눈으로부터 떠오를지니. 이러한 지향은 현실 너머에 대한 열정이지만, 현실이라는 제약 속에서 이루어지는 고통스러운 열정이다. 화자가 때때로 믿음에 대한 자신의 태도를 불을 경유하여 표현하는 것은 이와 같은 고통 때문일 것이다. "나는 불속에서만 살 수 있는 무한한 여름이다/너는 불에 갇혀 액자 그림이 되어 버린 가엾은 하나님"(「사이프러스」)이라는 잠언은 이처럼 현실 너머에 대한 의지를 밝히는 것이면서, 그 충만한 세계가 말에 갇히는 것을 누구보다 경계하고 있음을 증언하는 통증의 언어인 셈이다.

이병철의 시적 세계에서 또 하나 중요한 것이 있다면, 이와 같은 열정이 결코 신성한 것으로 거짓 위장되지 않는다는 점이다. 근래의 시가 어떤 고통에 매몰된 화자를 너무나 쉽게 윤리적인 것으로 간주하고 그것을 추앙하는 모양새를 보여 온 것과 달리, 이 시에서 화자를 그려내는 방식은 결코 그것을 신성으로 쉽사리 간주하지 않는다. 그의 세계에서 열정은 오직 고통을 통해 드러나는 바, 그와 같은 고통의 자리에서 '신성'은 그 자리에 덧씌워지는 것이 아니라 불가능한, 그러나 말하고픈 시적 대상으로써 나타날 뿐이다. 「부활절 묵상」이나 「첫눈이라는 죄책감」, 「뼈의 불면」과 같은 시편들에서 현실로부터 피어오르는 고통이 단순한 좌절과 절망으로 귀결되지 않는 것은 그 고통으로부터 다시금 현실 너머를 향한 열정이 피어오르기 때문이며, 이 시편들이 절절한 아픔과 기묘한 아름다움을 자아내는 것은 이것을 쉽사리 신성한 것으로 간주하지 않는 시인의 겸손함 때문인 것이다. 그렇기에 이

병철의 시에서 우리가 어떤 통증이나 아픔을 느끼게
된다 해도, 우리는 그것을 단지 그것뿐으로 읽어서는
안 되는 것이며, 또한 그것을 숭고한 것이나 신성한 것
으로 쉽사리 간주해서도 안 되는 것이다.

　　나는 네게 쏟아질 수 없어
　　얼음 속에
　　한때의 불덩어리 마음과
　　꽃 같은 입술과
　　피멍 든 고백을 담는다
　　기형도 시집
　　버버리 향수
　　소금사막 빛나는 새벽이
　　내 빙장의 부장품이다
　　얼음에 갇힌 시신이 되어
　　너라는 극점에서부터 가장 먼
　　추위를 불경처럼 듣고 있으면
　　지구 반대편 햇살이
　　백만 년 늦게 당도해
　　아무도 읽지 않은 내 귀를
　　오래 핥아 녹여 주겠지
　　나는 영원을 표류하는 얼음무덤

내 심장은 얼어 있을 때만 반짝이고

얼음이 다 녹으면 비로소

금붕어처럼 펄떡거릴 옛날의 목숨

—「빙장氷葬」 전문

"나는 네게 쏟아질 수 없어"라는 고백으로부터 시작되는 이 시는 혹독한 추위로 인해 얼어 버린 화자의 목소리를 들려준다. 눈 밝은 독자에게는 이러한 추위가 곧 현실에의 몰입이라는 존재자의 피치 못할 숙명으로 읽힐 수 있을 것이다. 그와 같은 몰입은 언뜻 화자를 현실 경제 속에서 활발하게 순환하는 것처럼 보이게 만들지만, 존재론적 관점에서 볼 때 현실에 고착되어 버린 닫힌 존재성을 표상하게 만든다. 이와 같은 고착된 현실 속에서 화자는 온전히 충만함을 향해 자신을 투신하지 못한다. 하지만 중요한 것은 현실에의 몰입 속에서 화자는 여전히 자신의 현실이 깨어질 지점을 기다리며 그 순간을 준비하고 있다는 점이다. 이병철의 화자에게서 고통 속의 열정이란 단지 스스로를 고통스럽게 몰아가는 마조히즘적인 것이 아니라, 현실을 충실하게 살아가는 이라면 누구나 경험할 수밖에 없는 생의 고통이며 두려움에 져 버린 젊은 시절의 꿈이다. 그와 같은 생의 고통 속에서, 화자의 심장은 옛 시간이 다시금 두근거리기를 열망하는 것이다.

> 최초의 은유는 글이 아니라 그림,
> 네가 삼킨 점과 내가 마신 선으로
> 우리는 이 세상에 없는 소묘가 되자
>
> 옷을 벗으면 몸은 더 아름다운 풍경
> 체온이라는 계절이 막 시작될 때
> 어깨는 사라지고
> 어깨의 부드러움만 분명해져
>
> 서로의 외곽을 입에 문 우리는
> 직선으로 저 세상까지 뻗어
> 먼 미래의 살과 오늘의 마음을
> 꽁꽁 묶는 매듭이 될 거야
>
> 줄 위에서 흔들리는 시계가 추락하지 않게
> 선에서 면으로, 면에서 입체로
>
> 우리는 사랑이라는 낯선 차원이 될 거야
> ──「데칼코마니」 부분

모든 존재가 스스로의 존재됨으로 있지 못하고, 제 형상을 유지하지 못한 채 뻗어 나가는 세계는 그래서 한편으로 불완전하지만, 그 불완전함은 역설적이게도 우리의 기억을 잊지 못하도록 추동한다. 때문에 우리는 부정확한 말로나마 지나쳐 버린 과거를 현재로 다시 셈하려 시도하지만, 그와 같은 부정확함으로 인해 우리의 시도는 필연적으로 실패로 귀결되고 만다. 하지만 이와 같은 시도들은 역설적으로 다음 시도를 불러일으키며, 그것은 시적 화자가 자신의 실패에도 불구하고 외려 실패 속에서 다시금 실패를 향해 걸어가는 그 구도를 설명하는 것이기도 하다. 예컨대 실패는 열정의 결과이자 원인이다. 하지만 이와 같은 도식에는 우리가 늘 화자의 고통을 셈하여 읽어야만 한다.

그래서 이 세계에서 정말로 두려운 것이 있다면, 그것은 불완전함과 부정확함으로부터 기인하지 않는다. 두려운 것은 멈추는 것, 흐르지 않는 것, 굳어 버리는 것이다. 외려 자신 이상으로 뻗어 나가고 날아가고 이글거리는 현실의 사물들은 화자로 하여금 현실 너머 세계에 대한 흔적으로 읽힐 수 있기에 모종의 가능성으로 그의 눈에 비춰진다. 그러니 이 한 조각의 세계에 충만함은 없지만, 그 충만함은 실패 속에서, 부정확하게 가닿고 있다는 그 느낌을 통해 계속해서 '나'

의 곁에 되비쳐진다. 그러니 이 불완전한 사물들이란 불완전함으로써 완전함을 현전시키는 모순적이고 역설적인 대상인데, 이와 같은 모순과 역설을 미학적으로 승화시켜 완전함을 가늠케 하는 것이 바로 시적 화자의 분투라고 할 수 있을 것이다.

이병철의 시적 세계에서 사랑이란, 저 너머에 있기에 그 자체로 선험적으로 아름다운 것이 아니다. 그것이 저 너머에 있다는 믿음과, 그로부터 촉발되는 현실에 대한 허무와 슬픔, 그리고 이와 같은 감정에서 시작되는 저 너머에 가닿기 위한 고통스러운 열정의 분투를 통해 비로소 사랑은 아름다워진다. 충만하지 않게 된 세계가 오히려 저 너머의 세계를 더욱 충만하게 만들어 주는 아이러니는 곧 우리가 익히 들어온 '사랑'의 형상이 아니던가. '너'를 위해 이루어지는 부족한 '나'의 분투라는 것은 곧 우리가 늘 경험하길 소망하는 '사랑'의 이야기 그 자체가 아니던가.

그러니 이 시적 세계를 '사랑'이 부재한 세계라 읽는다면, 그것은 단지 일차원적인 생각에 불과할 것이다. 오히려 그와 같은 부재로 인해, 이 세계에는 더욱 사랑이 충만하다 말해질 수 있을 것이다. 지금 이 자리에서, 여전히 실패하는 말로부터, 생으로부터 촉발되는 슬픔과 허무로부터 사랑에 대해 실패하는 화자가 있으니. 실패로부터 찬란하게 다시금 사랑을 피워 올리는 화자가 있으니. 사랑이 죽은 세계에서 사랑이 존재했음을 믿으며, 사랑이 언젠가 우리의 현실에 다시금 돌아오리라 믿으며 사랑의 길을 걷는 사도의 모습……. 우리는 그것을 사랑의 길이라고 거듭 읽게 되리라. 실패의 여정은 곧 순례의 여정으로 우리의 눈에 새겨지게 될 것이고, 그리하여 세계에 남은 흉터들은 다시금 사랑의 자리로 셈해지게 되리라.

사랑이라는 신을 계속 믿을 수 있게

2021년 11월 30일 1판 1쇄 펴냄

지은이	이병철
펴낸이	김성규
편집	김은경 김도현
디자인	김동선
펴낸곳	걷는사람
주소	서울 마포구 월드컵로16길 51 서교자이빌 304호
전화	02 323 2602
팩스	02 323 2603
등록	2016년 11월 18일 제25100-2016-000083호

ISBN 979-11-91262-76-6 04810
ISBN 979-11-89128-01-2 (세트)

* 이 책은 한국문화예술위원회의 2018년도 아르코문학창작기금을 받았습니다.
* 이 책 내용의 전부 또는 일부를 재사용하려면 반드시 지은이와 출판사의 동의를 얻어야 합니다.
* 잘못된 책은 교환해 드립니다.